KB098922

바위를 낚다

지혜사랑 273

바위를 낚다

이병연 시집

지혜

시인의 말

당신을 만나러 가는 길에
꽃이 피고, 비가 내리고
눈이 내리기도 했다.
맑은 날에도 풍경이 젖는다.
흐린 날에도 별이 뜬다.

2023년 9월
이 병 연

차례

시인의 말 ——————————— 5

1부
마르지 않는 꽃

꽃의 말 ————————————— 12
고산 가는 길 ———————————— 13
내 안의 역驛 ———————————— 14
그녀의 날개 ———————————— 15
먼이라는 말은 ———————————— 16
바위를 낚다 ———————————— 18
장마에 나리꽃은 피고 ——————— 20
틀 속의 벌 ————————————— 21
아버지의 끈 ———————————— 22
원대리 자작나무 숲 ————————— 24
수선집 ——————————————— 25
반죽반죽 —————————————— 26
우유 안부 ————————————— 27
배낭에 꽂힌 파다발 ————————— 28
그늘막 ——————————————— 29
커다란 양푼 ———————————— 30
씨감자 ——————————————— 31

2부
아픈 계절의 젖은 머리를 쓸고

눈꽃 여행 ——————— 34

지팡이 ——————— 35

이름 석 자 ——————— 36

자작나무 숲으로 가자 ——————— 38

구멍 난 양말 ——————— 39

달빛 설화 ——————— 40

수다 ——————— 42

용수철 ——————— 43

몽고 설산 ——————— 44

몽돌 ——————— 45

눈 온다 ——————— 46

비 맞은 아이 ——————— 47

서천에 온 여자 ——————— 48

수박 속 ——————— 49

때죽나무꽃 ——————— 50

오래된 주문呪文 ——————— 51

진정한 시인 ——————— 52

3부
산다는 건 눈먼 몸부림 그리고 고요

기약 ──────────── 54

여름 한때 ──────────── 55

섬 ──────────── 56

자작나무 숲에 눈이 내리면 ──────────── 57

전지 ──────────── 58

이별 과제 ──────────── 59

어느 퇴직자의 하루 ──────────── 60

봄날에는 ──────────── 61

뿌리의 경고 ──────────── 62

말구슬 ──────────── 63

이호테우의 일기 ──────────── 64

매발톱꽃 ──────────── 65

이별을 타서 마시다 ──────────── 66

수련이 핀 연못 ──────────── 67

슬픈 유행어 ──────────── 68

겨울비 내리는 날 ──────────── 69

나무껍질 경전 ──────────── 70

4부
흐른 날에도 별이 뜬다

누룽지를 끓여 먹는 아침 ————— 72

무결점 하늘 ————— 73

가시박 ————— 74

꽃 피는 나목 ————— 75

공기뿌리 ————— 76

질척거리는 네가 부럽다 ————— 77

노부부 ————— 78

초록 심지 ————— 79

아름다운 사람 ————— 80

장군면 한다리 ————— 81

꽃 진 자리 ————— 82

다시 ————— 83

너는 나의 봄 ————— 84

옥수수 ————— 85

요산요수 ————— 86

유화 ————— 87

사구 식물 ————— 88

해설 • 응시와 통찰로 이르는
  투명한 깊이의 세계 • 김병호 ————— 89

• 일러두기

　페이지의 첫줄이 연과 연 사이의 띄어쓰기 줄에 해당할 경우 > 로
표시합니다.

1부
마르지 않는 꽃

꽃의 말

꽃은 눈이 멀도록 눈부시게 왔다 간다

황홀한 순간,
꽃은 사진 찍듯 저장되지

세상이 텅 빈 공갈빵 같은 날
오래된 기억을 클릭해

내가 삭은 식혜 속 밥알 같은 날
잊고 지내던 나를 불러내

꽃은 빛깔만 고운 게 아니야
화심에 맺은 순정
부르기만 하면 잠근 문을 열고 맨발로 기어 나오지

사는 것 잠깐이라
사랑을 안고 갔다는 꽃의 말

장롱에 오래 넣어둔 옷처럼
접혔던 꽃잎이 허공을 밀어내며 피어나

한 생이 저만치 갔다가 돌아오는 거야

고산 가는 길

곧은 길 놓고
할머니 등처럼 굽은 길
느릿느릿 간다
구룡천 따라
빼곡히 박혀 있는 감나무 길
덧대고 기운 길 간다

휘어진 등으로 하루를 더듬으며
시래깃국으로 삭은 몸 달래던 할머니
주렁주렁 빠진 이 사이로 흘러나오던
얼룩진 이야기 싣고
아픔도 슬픔도 달착지근하여
가을 햇살 아래 누워 있는
고산 가는 길

한 구비 지나면
또 한 구비
멀리 불그스레 앉아 있는 산들
무심히 지나가고
오랜 얼굴 같은 잎들 단풍이 들어
삐걱대는 문에서도 단내가 나던
아득한 그 시절 꽁무니에 달고 간다

내 안의 역驛

사라져가는 꼬리를 놓지 않으려고
나는 어린아이처럼 훌쩍거렸다

당신이 있던 텅 빈 자리

당신이 빠져나간 그 자리에
웅덩이처럼 물이 고이기 시작했다

함께한 결 고운 한때를 떠올리다가
나는 또 젖어 든다

고개를 저을수록 항복할 줄 모르는
내 안의 역

당신이 떠난 역은
수십 년이 지났어도 미련한 애인처럼 젖어 있고

그곳에는 마르지 않는 꽃이 산다

그녀의 날개

순자 정희 미순 영미가 아닌
귀익貴翼

이름과 달리 날개옷 한 벌 없이 지내던 그녀가
흘러내릴 듯 매끄러운 원피스를 입어 보는데
야윈 얼굴 굵은 허리에 푸르스름한 달빛이 어렸습니다

나와 열세 살 차이가 나는 막내가
호두알처럼 커진 눈으로 그녀를 올려다봅니다

오래된 사진 속
낭창낭창한 허리에 눈꽃 같은 원피스 입고
양산 쓰고 있는 신식 여자
칠판 앞에서 어깨가 반 뼘쯤 올라가던 여자
그 여자는 어디로 갔을까

내 질문이 끝나기도 전
그녀는 얼른 옷을 벗어 놓고
어린것을 한참이나 안아 주었습니다

어린 새끼들 데리고 구불구불 먼 길 가느라
날기를 포기해 버린 어머니

부엌에 풍구처럼 하루하루 낡아만 갔습니다

먼이라는 말은

멀다 멀리 먼
발음을 하면 음이 떨려 나온다

멀다라는 말
사람의 마음을 외롭게 하는 말

마음에 빈 공간을 인정사정없이 공격하는 말

아예 멀리 가 버려 결코 볼 수 없는 사람이 생긴 뒤로
멀리라는 말은 눈물의 다른 이름이 되었다

아예 가 버렸다는 말에는
주체할 수 없는 슬픔이 포도송이처럼 매달려 있다

멀리라는 말은 가까이라는 말의 이음동의어
멀리 있어 가까이하고 싶다는 말이다

가깝다 가까이 가까운
발음을 하면 음이 자박자박 엉겨 나온다
삶의 무게를 고스란히 담고 있다

먼이라는 말은

삶의 짐을 잠시 내려놓고 바라보는
별의 또 다른 이름인지도 모른다

바위를 낚다

낚싯대 하나 들고
제주 바다를 여러 날 거닐었다
수시로 입질이 왔다

질펀히 내려앉은 바위
이름 없이 산 것들 줄지어 낚는다
널뛰는 파도를 품었다 놓느라 울퉁불퉁한데
움푹 팬 가슴엔
햇살과 바람과 눈물이 머물러 있다

허공에 힘껏 줄을 던져
깎아지른 절벽을 낚는다
정을 쪼듯 내리치는 물살에 새겨진 문신
상처가 깊을수록
지느러미의 골이 빛난다

덜컥 입질이 왔다 이번엔 정말 크고 센 놈이다

머리를 하늘로 치켜올리고 기둥처럼 떼로 서 있는 놈
하늘이 같이 끌려온다
낚싯대가 휘청인다
함께 쉽게 사는 법은 없어서

세로로 그어 놓은 금이 햇살에 도드라진다

몸에 새겨진 저마다의 사연
바다에서 낡은 것을 바다로 돌려보내고

당신의 마음이 닿지 못하는 날
바위 낚시를 떠나야겠다

장마에 나리꽃은 피고

긴 장마에 빛나다니요
당신의 고백은 아름답습니다
차라리 하얗게 빛나는 것은
앞을 분간할 수 없는 쓰라린 밤을
잊을 수 없는 까닭입니다
긴 비에 뭇 꽃들 안쓰러운데
아픈 것도 사랑이라고
잠시 비가 그친 오후
붉은 꽃술 환히 길을 열고 있습니다

틀 속의 벌

창문에 날개를 부딪치며
솟구치다 곤두박질치길 수차례

네모난 붙박이 창문 밑에
작은 창이 아래쪽으로 비스듬히 열려 있는데

식구들 수발에 제 빛깔 아예 놓아 버리고
안으로 걸어 잠근 문에 부딪혀 파드득
뒷간에 앉아 흐느끼는 여자

안팎의 경계에 함몰되어 나는 법 잊어 버렸다

막힌 창문 아래 턱 넘을 생각
아예 하지 못하고
탈진해 절망으로 절레절레

사투를 벌이는 벌이 안쓰러워
사각의 창문 턱 아래로 힘껏 밀어 주었다

아버지의 끈

산 입에 거미줄 칠까마는
중학교 보내기는 어렵다는 귀에 박힌 못

못이 가슴을 쿡쿡 찔러대 홀로 북경행 열차를 탔네
만주 봉평 절은 잠시 멈춘 하나의 역
심부름하며 정차한 시간은 이태
여러 달 죽을 둥 살 둥 고향으로 돌아와

타국 땅에서 신주로 모신 끈
금융조합에 다니면서도
난리 통에도 놓지 않고
꿈인 듯 대학을 졸업하고 교단에 섰네

당신의 끈은 참 울퉁불퉁하네
이어진 마디마디 아름다운 통증이네

뚝 잘린 데
한 땀 한 땀 꿰맨 자리에 새살이 돋아나

삶을 매고 꿴 끈
술 취한 밤이면 욱신거려
어둠 속에 한숨을 쏟아내고

밤새 아픔을 게워내고

인자한 미소만 가족의 밥상에 올린
아버지의 끈
잡고 있는 내 손 축축해지네

원대리 자작나무 숲

하늘로 오르며 노래하는 숲
웅장한 모습에 사람들의 경배가 줄을 잇는다

흰옷 입은 자작나무들 주상절리처럼 서서
눈썹달 같은 입술로 노래를 부르고 있다
빛이 부챗살처럼 쏟아져 내리자
잎이 취한 듯 몸을 흔들기 시작했다
무대 위에 오른 합창단원들
어느 방향에서 보아도 정렬이 맞고
한눈팔다 박자를 놓치는 법이 없다

숲은 힘들고 벅찬 일에 매달렸다
보기 좋은 간격으로 나무를 세우고
시야를 가리는 옆 가지는 잘라 버렸다
음계를 이탈한 소리를 골라내고
대열에서 어긋나는 몸짓은 허용하지 않았다
자작나무는 장엄한 합창을 위해
제 몸에 난 상처를 부둥켜 안았다

수선집

아들이 첫 월급 탔다며
검정 바탕에 흰 꽃자수 양산을 사 들고 왔습니다
양산 속 꽃은 낮에 보란 듯 활짝 피어났습니다

바람이 지나가자 살이 부러지고
꽃이 시들더니 꽃잎이 떨어져 내렸습니다
어렵게 수선집을 찾아 다녀온 뒤
꽃은 다시 피어나기 시작했습니다

내 안에 있는 수선집
찾아간 날 언제인지
휘어지고 부러진 마음살
애인 기다리듯
고개를 쑥 빼고 기다리고 있겠습니다

반죽반죽

봉황산 아래 동네로 이사를 왔습니다

아침에 눈을 뜨니 반죽동*이랍니다

"반죽반죽"
웃음이 타이어 바람 빠지듯 픽픽, 빠진 이 사이로 새어 나
옵니다

흙으로 간조롬이 밥을 안치고 풀로 조물조물 나물 무치니
한 상이 뚝딱
뭐든 손으로 반죽하면 놀이가 되는 신기한 동네

반죽斑竹의 열매로 봉황 먹이듯

옛 정취 맛깔나게 반죽한 한옥이 뒷짐 지고
귀한 손님 맞으러 갑니다

* 공주 봉황산 아래 동네, 반죽斑竹 열매는 봉황의 먹이가 된다고 함

우유 안부

어김없이 해는 뜨고 지는데
계절을 놓아버리고
바람만 들고나는 집

적막이 거미줄처럼 서식하여
입을 달싹이는 것도
숨을 쉬는 것도 귀찮은 노인

덩그러니 헤진 이불 속
깨를 털어낸 마른 깻대처럼 누워 있다

집 앞에 쌓여가는 우유가
노인의 안부를 말하고 있다

배낭에 꽂힌 파다발

화병 속 꽃처럼
검정 배낭 속에 꽂힌 파

무른 땅에서 태어났다
나무처럼 살고 싶어
둘레를 싸고 또 싸맸다
그래도 나무는 될 수 없었으므로
폭풍우가 몰아치는 날이면 오한이 났다
끈끈한 진액을 채우고
제법 파릇파릇 곧추서는 날이면
쫄깃한 살맛이 나기도 했다

매콤하고 단내나는 세월의 흔적
뿌리째 뽑혀 심판대에 놓였다
비닐봉지에 짐짝처럼 던져질까
오금이 저리다가

꽃다발처럼 배낭에 꽂힌 것만도
호사라고
구부러진 몸 세우고 따라나선다

그늘막

벗겨진 껍질에 붉은 속살이 손으로 긁으면 부서져 내릴 듯해요. 한낮의 불기둥이 여린 살을 파고드는 것 같아 서성 거렸지요. 단풍나무를 옮겨 심느라 가지를 잘랐다고 하는 데 반 그늘 식물이라 잎 그늘이 없어져 탈이 난 것 같아요.

구멍이 숭숭 뚫린 그늘막이 있어 줄기에 매어 주고, 기다림의 그림자가 길어진 어느 날이었어요. 죽은 나뭇가지에서 지각생처럼 봄인 줄 알고 새순이 고개를 내밀어요. 그늘 딛고 일어서는 가뿐 숨소리, 어디 단풍나무뿐이겠어요. 선생님 그늘 딛고 겨우 일어서는 아이의 웃음소리 파릇파릇 해요.

커다란 양푼

새댁이 시집을 오고
고소한 냄새가 동네로 퍼져 나가자
이웃 사람들이 힐끗거리며 지나간다

호박이며 양파며 온갖 야채 썰어 넣고
밀가루 갠 커다란 양푼

새댁은 어머니가 내민 양푼을 보고
이걸 언제 다 부쳐요
목까지 차오르는 소리를 욱여넣고
프라이팬에 연신 기름을 두르고
반죽을 넓적하게 펴고
노릇노릇해지면 뒤집고 또 뒤집는다
신이 난 어머니는 부침개를 접시에 담아
이 집 저 집 순례를 떠난다

며느리가 부친 거라고 큰소리치며
돌아다녔을 어머니
평생 자식을 자랑으로 여긴
어머니는 장조림이며 콩조림이며 멸치볶음이며
연신 담아내느라 찌그러지고 닳아버린
둘도 없는 커다란 양푼이었다

씨감자

어두운 땅속에 둥지를 틀었다

꿈틀거리며 일어서길
몸이 닳아 없어지는 것도 잊었다

밝은 세상으로 나오길
기도는 길었다

네가 푸른 옷을 입고
환하게 웃는 걸 보고 싶었다

줄수록 채워지는 환생이다

2부
아픈 계절의 젖은 머리를 쓸고

눈꽃 여행

작은 창문이 열리고
우울한 손이 꽃잎같이 펼쳐지는 것이 보였다

찬 바람이 제집처럼 드나드는 허름한 단칸방에
이가 빠진 구부정한 노인

마른 장작처럼 서 있는 나무 아래
털이 찌들 대로 찌든 강아지가 보였다

길지 않은 생
서로 끌어안으면 꽃세상 아니겠느냐고
언젠가 또 무거워져 녹아내릴지라도

푹푹 내려 쌓이고
밟혀도 말없이 안아 주었다

지팡이

원수산에서 내려오는 길
제멋대로 내지른 바위와 돌의 위험 신호
몸이 좌우로 쏠려 긴장한 발아래
들려오는 소리
길이 험하구나 조심해서 내려와
나는 지팡이가 있으니 걱정할 것 없다
구부정한 할머니가
달팽이처럼 따라오는 아들에게 하는 소리

길이 보이지 않아도 길을 내며
몸이 닳도록 꼿꼿이 중심을 세우는 지팡이

한평생 아들의 지팡이였을 어머니
기우뚱거려도
끝까지 아들의 지팡이로 남고 싶은 마음
험한 바위와 돌길을 뚫고
산 아래 내려와 가쁜 숨 몰아쉬며
갈라진 논바닥 같은 손으로
다시 한번 힘껏 지팡이를 쥔다

이름 석 자

공기청정기 옆면 하트서비스에 적힌 이름 석 자
순간, 무궁화꽃이 피었습니다 놀이하듯 가슴이 멎는다

당신이 먼 곳 수원까지
어설픈 새내기 선생인 나를 불쑥 찾아왔던 그 날처럼

든든한 둑이었던 당신이
예고도 없이 찾아온 거친 풍랑에 휩쓸려
먼 곳으로 가자
나는 원효사 법당에서 백팔 배를 올리며
불경 소리에 슬픔을 연신 퍼다 버렸다

그리운 것은 그리운 대로
묻어 두고 사는 것이다

이쯤인가 싶으면 저기에 머물고
저기인가 싶으면 또 다른 곳으로 밀려가다 멈추는 것이다

세월이 흐려 놓은 받침 하나
나의 마지막 근무지 이인중을 아버지 성함 이인준으로 읽다

희망찬 교육자만이 희망찬 제자를 기를 수 있다는 퇴임사

애프터서비스하러 오셨는지

아프고 고마운 당신
온종일 내 주위를 맴돌고 있다

자작나무 숲으로 가자

눈이 내리는 날
자작나무 숲으로 가자

혹독한 추위에도 깨어 있는 눈
너와 나를 맞이하리니

세월도 어쩌지 못한 마음 있다면
자작나무 숲으로 가자

바스러진 회벽 같은 뼈대에 깊어진 눈
세월이 흰 갈기처럼 물결친들 어떠랴

세월도 앗아가지 못한 마음 있다면
너와 나 손잡고
자작나무 숲으로 가자

구멍 난 양말

양말 끝에 오백 원짜리 동전만 한 구멍
가만히 들여다보니
엄지발가락의 얼굴이 편안합니다

끝날 줄 모르는 지초봉 경사로에서
발끝에 수없이 부딪히는 충격을 오롯이 받아낸 양말

얼음장 같은 내 손 붙들고
여자는 몸이 차면 안 된다고
쓰디쓴 익모초즙 들고
줄행랑치는 나를 발이 닳도록 쫓아다닌 어머니는
집안에 들이치는 한파를 온몸으로 받아낸
삭지 않는 나일론 양말이 아니라
닳아 버리는 면양말이었습니다

찰싹거리는 칼바람에 불그죽죽 볼이 터져도
언 손에 미끄러진 도시락 발을 동동 굴러도
집에 돌아오기만 하면
나는 구멍 난 양말 속 엄지발가락이었습니다

달빛 설화

발신인란에 그녀의 이름이 왔다

나는 눈 깜짝할 사이 새내기 선생으로 돌아갔고
까맣게 밀봉된 사연이 새끼줄에 엮인 굴비처럼 따라 나
왔다

그녀와의 일 주일간의 동거
한 이불 속에서 쌓은 인연은 끊어지지 않는다는 속설처럼
정은 곱게 자라났다

도간 이동이라는 기약 없는 이별은 아득했고
유행가 가사처럼 이별은 눈물의 씨앗이었다

때때로 보고 싶어 혀끝에 이름을 올렸으나
바쁜 삶에 미끄러지기 일쑤
달빛이 스러지듯 그녀의 얼굴도 시들어갔다

정년 즈음 맞춰본 처음과 끝
첫 퍼즐에 초승달로 떠오른 이름 오물거리고 있는데

그녀의 이름을 실은 편지 한 장
흥건한 달빛을 안고

사이버 세상에서 길을 찾아왔다

첫 부임지에서의 삼십육 년만의 상봉

넘을 수 없다는 세월의 벽
낡은 담벼락 흐려진 그림에서 원본을 찾듯
녹슨 퍼즐을 맞추는 동안

만날 사람은 만난다는 설화가 완성되고 있었다

수다

그물 없는 곳에 사는 물고기

어디로 튀어도 걸리지 않고
머리를 박지 않는다

자유로운 곳에 서식하며 몸집을 늘려 나간다

지루한 삶도 포물선을 그리며 굴러다니고
짊어질 수 없는 죽음도 번쩍 들었다 놓는다

어둡고 아픈 세상살이 잘게 난도질하며 몰려다니고
외롭게 녹슨 창살을 부수고 들어간다

웃음은 구수한 맛을 내는 양념

폭우가 지나간 오후
하늘에 구름이 떼로 몰려다니며 수다 중

용수철

　누구나 몸 안에 일할 때 오그렸다 쉴 때 펴지는 용수철이 있다.

　시집오기 전 오르간을 치며 어린 학생들과 노래를 부르던 어머니는 흰 나리꽃이었다. 겨울밤, 부스스한 얼굴로 찬바람을 맞으며 손에 쩍쩍 달라붙는 연탄집게로 이 방 저 방 연탄불을 갈고 있는 어머니의 용수철이 팽팽해졌다. 흰 용수철로 무거운 무게를 견디는 일은 무리였다. 병든 노모와 다섯 자녀를 돌보느라 어머니의 용수철은 낡고 헐거워졌고 결국 못쓰게 되었다. 어머니가 슬픔만 남겨둔 채 움츠러들 필요가 없는 세상으로 가신 지 벌써 삼십 년, 떠나지 않는 용수철로 남았다.

몽고 설산

능선 따라 걷는 하얀 세상

설산 꼭대기 오방색 천을 달아맨 돌무지
소원을 짊어지고 있는데

흰 고요와 정적이
말발굽 지문 묻어버리고
사람 사는 이야기 지워 버린 곳

내가 들고 온 떠들썩한 세상
하얀 세상 저울에 올리니 무게가 없다

바다처럼 펼쳐진
대지를 굽어보는 새 한 마리

움켜쥔 것도
놓고 온 것도 없는 듯

무심천을 지나는 듯

몽돌

솟구쳤다 부서져 내리는 파도는
끊임없이 부스럭거리며 햇살을 안았다 놓는다

물결에 부서진 햇살이 은멸치 떼로 날아오른다

나는 그 빛을 마냥 보고 있었는데
무수한 조각으로 깨어져 뒤척이는 것이
어느 날 네가 내 앞에 나타나서
온통 빛이 산란하며 부서지는 그 날 같기도 했다

부딪히며 나는 그 소리가 가을바람 소리 같기도 해서
시월의 어느 날로 가 보기도 하다가

수없이 부서져 내려
둥글게 된 몽돌의 뒷모습에 눈길이 머무는 것이다

눈 온다

설이네는
잠을 설치는 날이 부쩍 많아졌다

복권을 사 들고 온 서방은
세상살이 한 방이라고 헛된 꿈을 꾸고

몇 년째 오라는 곳 없는 아들은
도시의 지하 단칸방에서 시래기처럼 늙어 가고

쓸모를 다한 기둥처럼 기울어진 노모는
납작해진 입으로 찬이 없다고 궁시렁대고

발길이 뚝 끊긴 가게 문을 닫아야 하나
그녀는 맥없는 말을 중얼거리다
추위가 이만하여 다행이라고 설레발쳤다

눈 온다
몇 점 날리는가 싶더니 그만이다

세상을 지우는
겨울왕국이 그리운 설이네

낮게 가라앉은 창밖을 연신 기웃거리고 있다

비 맞은 아이

엘리베이터 안에서
비에 흠뻑 젖은 아이를 만났다

머리를 가방으로 가리는 시늉을 하며
활짝 웃는다

바람 한 점 없는 엘리베이터 안
삶에 잠기면 가라앉아
쉽게 떠오르지 못하는 어른
가을바람 살랑

구불구불 잘도 휘어지는
아이의 골목에 덩실거리는 휘파람 소리

아픈 계절의 젖은 머리를 쓸어 주고 있다

서천에 온 여자

서천에서 자란 남자
내륙에서 자란 여자

제사상의 조기찜과 동태전으로
생선 맛 가늠하다
시할머니댁으로 인사드리러 가서는
서천 가오리로 만들었다는
홍어찜 홍어회에 혀가 아찔합니다

시할머니 모시고 사는
키가 작달막하고 손이 조막만한 큰어머니는
조카 여럿 키워 대처로 보낸
북적대도 내칠 줄 모르는
영락없이 물고기를 품에 안아 기르는 바다입니다

분지 여자와 달리
금복리로 시집온 시어머니도
오는 대로 품어주고 내어주는 바다 여자입니다

서천 금복리
그곳에 가면 바다가 보이지 않아도
바다 내음이 나는 이유를
그 여자는 알 것만 같았습니다

수박 속

초록 줄무늬
멀쩡한 수박 한 통

속을 보니
뜨거운 물에 덴 듯
짓물러 있다

괜찮다는 말을
입에 달고 산

엄마의 속을
보고야 말았다

때죽나무꽃

지상의 소리에
마음 기울어
아래로 피는 꽃

떼로 조롱조롱
촘촘히 노란 화심
그늘 찾아
하얗게 쏟아지는 빛

눈이 닿는 곳마다
아픈 땟물
죽죽 빠져나간다

오월에 스노우벨snowbell*
낮은 곳으로
싸륵싸륵 싸르륵

* 때죽나무의 서양 이름

오래된 주문 呪文

당신의 손은 크고
새끼손가락이 약간 굽어 있습니다

나는 반듯한 손가락을 두고
애틋한 새끼손가락을 유독 만지작거렸습니다

여리지 않은 구석이라고는 없는
아이가 오고

당신의 새끼손가락은 한참 외로웠겠습니다
여위고 윤기가 사라졌습니다

더 늦기 전에
오래된 주문을 찾아와야겠습니다

한겨울 둥근 식물 영양제가
진기가 빠진 화분에서 여러 날 주문을 외고

거실에 있는 군자란이
볼그레하게 늦꽃을 피우고 있습니다

진정한 시인

내 시보다 아름다운 아이

출산 후 기진맥진하여 두 번이나 실신한
어미를 웃게 만드는 너는

말라 버린 단풍잎 바닥에 뒹구는데
할미의 슬픔을 동여매 싹까지 잘라 버리는 너는

우주 공간 그 어디서 왔기에
그리도 힘이 세단 말이냐

시든 잎으로 물오른 이파리 만들고
떨어진 꽃잎으로 봉긋한 봉오리 만드네

너는 삶을 곱게 물들이는
진정한 시인

기약

선홍빛 백일홍이
그 맑던 웃음을 조금씩 지워가고 있다

한 차례 쏟아져 내린 소나기에
단단해지고 여문 등줄기

갈색 마른 꽃잎 사이로
다시 피어오르는 붉은 꽃송이

너의 등을 다독이다가
아득해져
죽어가는 너와 다시 살아나는 너를 바라보고 있다

검게 말라 버린 후에야 얻게 되는 꽃씨
죽지 않고 사는 것은 없다

여름 한때

흰 구름꽃 흐르는 나뭇잎 사이로
들려오는 매미 소리

칠월 땡볕 뜨겁다 하지 마라

어둠 뚫고 나오는 혼신의 절규 뜨겁다

산다는 건 눈먼 몸부림
그리고 고요

지축을 송두리째 흔드는
싸리비로 가슴을 쓸어내리는 서늘한 외침

폭염을 건너는 동안 잦아들고

가을바람에 가벼워진 나뭇잎
먼 여행길에 오를 것이다

섬

닿을 수 없어
바다를 모르는 그리움으로
달려가고 또 달려간다

꿈속에 들리는
시퍼렇게 멍든 파도 소리

어렵사리 다리가 놓이자
섬은 스러지고
깨진 그리움 조각

어디에 떨어뜨렸을까

잃어버린 그리움 찾아
빈 바다를 오가며 떠도는 파도

그리움은 먼 곳에 있어
숙명처럼 외로움 안고 산다

자작나무 숲에 눈이 내리면

인제 자작나무 숲에 눈이 내린다고 한다

네가 나를 만나러 먼 길을 달려온 날
그날도 자작나무 숲에 흰 눈이 내렸을 것이다

하얀 줄기에 까만 옹이는
숨바꼭질하는 아이처럼
내리는 눈 속에 숨었다 나타나고

자작나무 가지가 바람에 흔들릴 때마다
겨울 햇살 아래 웃음이
눈처럼 뭉텅뭉텅 쏟아져 내렸다

자작나무 숲에 눈이 내리면
나는 먼 길을 달려 너에게로 간다

전지

그늘에 갇혀
바람길 막힌 나뭇가지

누렇게 찌들어
빼빼 말랐다

보고 싶은 것을 보지 못하고
하고 싶은 말을 뱉지 못해

죽지 못해 산다는
요양원 노인의 굳어 버린 눈물뼈

뚝뚝 잘라내자
푸른 숨소리가 들려왔다

이별 과제

그는 땅에 엎드려 뒹구는 낙엽을 서릿발로 묶어 버리고
이별로 야위어 가는 나뭇가지를 눈발로 동여맸다

태초에 없던 것들이 인연을 맺어
아름다운 꽃을 피웠으므로
꽃 지고 낙엽 진 뒤
아름다운 이름 하나 남겼으니 이제 되었다

그는 차가운 눈으로
눈 덮인 들녘을 바라보았다
습자지에 먹물 번지듯 번져가는 이별의 적막감을
흔적 없이 묻어 버렸으니 이제 되었다

그는 자고 일어나
또 눈발을 날리다가
느닷없이 찾아온 햇살이 눈을 지워 버리자
꽁꽁 동여맨 것들 위에 비를 뿌리기 시작했다

어느 퇴직자의 하루

아침에 밭으로 나갔다가
해가 저물어
집으로 돌아온다는 사람

햇살 더 받으려
위로 내닫던 잎
허공으로 길을 내다
찍기도 찍히기도 했을 가지 사이로
무심한 바람 오고 가는
적막한 숲에 산다

밭과 나누는 소소한 대화
무색의 꽃
설핏 피어나니
이만하면 족하다고

무허가 명상센터의 하루가
저녁노을처럼 저물고 있다

봄날에는

숨어 있지 못한다

봄볕이 기어이 밖으로 끌어낸다

봄볕이 가만둘 리 없다
팝콘처럼 펑펑 쏟아져 나온 꽃들

꽃의 자태를 요리조리 살피다가
고운 빛에 그만
나는 꽃의 한 모서리가 된다

봄날에는 바위도
꽃의 모서리에 앉는다

고개를 빳빳이 세운 사내
걸음을 멈춘다

직선의 위엄도 빛을 잃는다

뿌리의 경고

내소사 가는 길
전나무 숲길

하늘 높이 오르려는 마음
줄기 끝에 팔랑이고

도시의 빌딩처럼 뾰족한 잎들
햇살을 독차지하곤 우쭐대는데

뿌리째 뽑혀
쓰러져 있는 전나무 한 그루

사는 것은 오르는 일이라
뿌리 깊이 내리지 못했다고
결국 태풍에 쓰러졌다고

거침없이 뻗어가는
거대한 문명의 숲에 보내는 유언

말구슬

상처 난 말이
절룩거리며 걸어가고

모난 말이
삐걱대고 덜그럭거리면

너의 말에 내가 업히고
나의 말에 네가 올라타

손톱에 봉숭아 꽃물 들듯
말의 뼈와 마디가 녹아들어

둥글어진 말구슬
또르르 굴러가는 꿈을 꾼다

이호테우의 일기

이호테우 해변에 검은 갈기를 한 구름이 몰려오자
새 떼가 급히 짐을 챙겨 피난길에 오르기 시작했다

사자 바람이 앞발을 치켜들고 포효하며 문을 흔들고
파도가 날 선 이빨로 해변을 공격하기 시작했다

텃밭에 유채와 열무
무자비한 비바람에 몸을 숨기고
잿빛 얼굴로 납작 엎드려 생명 붙들고
줄기가 꺾이고 잎이 뜯겨 나가 오열하는 소리

사그랑이가 되어도
노란 유채꽃 연보라 장다리꽃 지켜 내려고
밤새 제주 돌담이 스크럼을 짜고 있다

매발톱꽃

다소곳하고 순한 것이
험한 세상 어찌 살아 낼 것이냐고

귀에 박히게 들은 그 여자
잊지 않고 날을 세우고

가시가 없어
매의 발톱 흉내를 내고

세상에 믿을 사람 없다는 말
귀에 딱지가 앉아

누군가 할퀸 적 있다고 귀띔하고 싶어
한사코 매발톱 모양인데

그마저 예쁘다고 날갯짓하는 눈부신 봄날

이별을 타서 마시다

육각형 테이블에 아메리카노 한 잔 올려놓고
문태준 시집을 넘기고 있는데
학생들의 웃음 섞인 말소리가 복도를 한바탕 지나가고 고
요하다

수족 같은 컴퓨터의 등을 바라보다가
선생님들과의 소소한 이야기가 담긴 다육 정원이며
뒤쪽을 묵묵히 채워주는 해피트리와 고무나무를 바라보
다가
떠나도 그림자처럼 따라올 숨소리를 차에 타서 마신다

흠뻑 들이켜 되새김질하게 될 이인중학교
"내가 사모하는 일에 무슨 끝이 있나요"* 라고 자문해 보는
이천이십일 년 십이월 이 일 오후 세 시 반

* 문태준 시집 제목

수련이 핀 연못

둥근 잎처럼 수면 위에 마음을 펼쳐 본다

구름인 듯 물결인 듯 나뭇잎인 듯
마음을 끌고 간다

연못 속에 뭉게구름 번져 가고
칸나 잎이 그림자를 길게 늘이고 있다

몇 밤을 묵어도 좋을
은은한 빛 안고 자라고 연못은 색을 지우고

수련은 수면 위로 꽃대를 올리고 있다

슬픈 유행어

문을 걸어 잠그고 수감 중
코로나가 근처에 있다는 메시지
하루 멀다 하고 날아든다

담 없이 사는 미덕이
천덕꾸러기가 된 지 오래
병든 어머니 요양병원에 두고
홀로 술잔 기울이는 남자

병원 문 꼭 잠갔으니
당최 이곳에는 오지 말아라
살아도 산 것 같지 않은
삭은 홍어 같은 목소리

마른 북어 같은 손
잡아드리지 못하는 불효자
짝짝이 젓가락으로
굿거리장단 치고 있다

살아도 사는 것 같지 않다고
배알 없이 좋은 날 온다고

겨울비 내리는 날

온종일 비가 내려요
산자락이 안개에 싸여 보이지 않아요

비가 창문에 부딪혀 그렁그렁해요
사람들이 창밖에 내리는 비를 타고 흘러가요

겨울엔 눈을 기다려요
얼어버린 마음 꽃으로 피어나게
하얀 눈을 기다려요

겨울비가 추적추적 내리면
강철같은 고드름도 눈물을 흘려요

겨울비가 내리는 날에는
비에 젖은 눈사람이 돼요

나무껍질 경전

단단하기로 소문난 나무껍질

새가 부리로 쪼다 꽁무니를 빼고
비가 작심한 듯 내리치다 제풀에 물러나곤 했다

나무의 몸통이 뭉툭 잘려 나가자
껍질은 차돌 같은 제 몸에
시퍼런 칼집을 내서 새 길을 열어 주었다

옛집 무너뜨리지 않고 새 집 짓지 못한다고
나무껍질이 뼈를 깎는다

나를 지탱해 준 틀
그대로 움켜쥐고는 아무것도 달라지지 않아
나무껍질 경전 만나러 상처 입은 숲으로 간다

4부
흐른 날에도 별이 뜬다

누룽지를 끓여 먹는 아침

부스스한 얼굴로 눈을 비비며
누룽지에 물을 붓는다

물이 누룽지 사이로 들어가
딱딱한 근육을 말랑말랑하게 풀어주고 있다

굳게 닫힌 문을 열고 풀어헤치는
저 유들유들한 몸짓

쓸데없는 아집을 내려놓듯
견고한 껍질을 깨고

세상 속으로 들어가 유영하는
누룽지의 눈물겨운 투항

머리가 누룽지처럼 뻣뻣해질 때
한 발짝도 물러설 수 없다고 문을 굳게 닫고 싶을 때

누룽지를 끓이리라

무결점 하늘

한 점 티가 없다
다다를 수 없는 곳

질문이 질문을 몰고
바람이 절 앞마당을 비질하고 있었다

문을 박차고 나오니
세찬 바람이 뺨을 갈겼다

답은 본디 없는 것이다

나뭇가지를 겨우 붙잡고 사시나무 떨듯 하던
나뭇잎이 떨어지고 있었다

나뭇잎의 생각이 순간 멈추었을까

하늘은 한 점 흔들림이 없고
상록수 사이로 단풍잎 붉기만 하다

가시박

막무가내로 기어간다
나무 위로 하천 변으로 산으로 들로

덩굴손으로 틈만 나면 기어올라
사정 볼 것 없이 넓은 잎으로 세력을 키우고
열매 가시로 위협하며 몸을 불리고 있다

힘없는 것들 무참히 짓밟고 올라서고도
통 미안한 기색이 없다

잠식으로 신음하는 것들 늘어만 가는데
멈출 줄 모르는 질주

붉은 신호등이 켜졌다

꽃 피는 나목

빈 들녘에
빈 가지
다 놓아 버린 모습

햇살은 나뭇가지 사이로 막힘없이 지나가고
빗물은 나뭇가지 위를 미끄럼 타고 내려온다

아무것도 움켜쥐지 않고
긴 침묵의 강을 건너는 수도승

추워질수록 더 꼿꼿해져
깊어진 눈으로 허공에 그리는 그림

그 깊은 의지
동토에서 피어나는 반야의 꽃

공기뿌리*

뿌리가 젖어
공기 중에 뿌리를 올리고
숨을 쉬며 산다

수거장으로 직행할 듯한 가재도구가
바닥의 삶에 발을 담근
허가 나지 않은 옥탑방

먼 타국에
간호사로 광부로 돈 벌러 나간

공기뿌리의 사연에 오금이 저리는
찬 바람만 드나드는 도시의 뒷골목

하루 먹고 사는 일로
날이 휑하게 저물고 있다

* 습한 땅속에서 호흡이 어려워 공기 중에 낸 뿌리

질척거리는 네가 부럽다

허물어지고 버려진 것들 위에
함박눈이 쌓인다

떨고 있는 남천 붉은 이파리 위에도
소복이 내려앉는다

길지 않은 생
눈물은 닦이는 것이 아니어도
안쓰러운 듯
소리 없이 닦아 주며 녹아내리고 있다

나는 너처럼
눈물을 닦아 주지 못해서

눈살 찌푸리게 질척거리는
네가 부럽기만 했다

노부부

허리를 세워도
어느 순간 휘어져 버리는 등뼈
반듯하게 걸어도 기우뚱
중심을 벗어나기 일쑤

복잡한 종합병원에서
간호사의 안내를 잘 듣지 못하는 남자와
길을 찾지 못하는 여자
기우뚱거리며 서로 기대고 있다

남자와 여자가 절뚝이며
서로 기대는 지점이 중심이 된다

오래된 집처럼
허름하고 눅눅해도 애틋하다

초록 심지

발길에 차여 눈여겨보지 않는다
그냥 풀이나 잎이라 불린다

무수한 층위에도
변화를 모른다는 오명을 달고 산다

그래도 속도를 재촉하지 않고
제 걸음걸이로 나아가는 뚝심

비바람이 쓸고 간 개울 언덕
초록 심지 우직하다

푸른 빛으로
꽃과 열매를 받들고

중병을 앓고 있는 지구를
눈물겹게 지키고 있다

아름다운 사람

아름답게 사라지는 것들이
허무의 몸집을 키우네

우리, 밥 먹고 사는 동안
따뜻한 만남 없기로 해요

차가운 세상은
슬픔을 키우지 않으니까요

잠시 왔던 것들이 돌아가는 이승에서
눈꽃처럼 아름답게 반짝이다
예고 없이 녹아내려
질퍽대는 사람들 가슴에
눈부신 꽃으로 다시 피어나는 사람아

해마다 조팝꽃 소복이 피어나듯
환하게 웃으며
따뜻한 밥꽃*으로 오리라

* 류지남 시집 제목

장군면 한다리*

장맛비로 내리는 울음소리에
앞발 치켜들고 내달리는 백두산 호랑이

통곡의 땅에서 약탈의 무리 몰아내고
육진으로 눈물 거두었다

애달픈 역사의 소용돌이
임 그리는 두 눈은 달빛처럼 그윽하고

산산히 부서져도 장군면 한다리
영원히 붉은 꽃으로 피어 있다

* 역적으로 몰린 김종서의 시신을 거두지 못하고 한쪽 다리만 묻었다는
  이야기에서 생긴 지명

꽃 진 자리

아직 마르지 않은
기억의 비늘이 곱게 널려 있다

지나던 바람이
등을 구부리고 가만히 들여다 본다

추억은 꺼낼수록
꽃잎이 늘어나 풍성한 꽃밭이 된다

반죽동 뜨락에 어머니 이야기 조근조근 밤을 잊고
고단한 하루를 잊고

철 이른 어머니꽃 진 자리

몇 날 몇 해 마르지 못한 눈물
단단한 씨앗이 되고

가난한 뜰에
철없이 피어나 시詩밭이 된다

다시

외국 가는 일이 생소하던 오래전
동생이 유학길에 올라 공항에서 사라져 갈 때
눈가가 촉촉해졌다, 다시 볼 수 있을까?

잠시 머물던 면천을 떠나려고 차에 오르는 순간
때아닌 눈물이 왈칵 쏟아졌다
다시 올 수 있을까?

다시라는 말은 슬픈 올가미

하늘에 떠다니는 무심한 뭉게구름
한없이 올려다보는 까닭

너는 나의 봄

춥다
그래도 봄이다
고운 빛
너 때문이다

응시하는 까만 눈동자
뽀얀 두 볼
꼼지락거리는 여린 손가락

달 따라가듯 눈길이 가고
함박꽃 열리듯 웃음이 난다

너 때문에
흐린 날에도 별이 뜬다

옥수수

텃밭에 옥수수 모종을 심었다

밭에 뿌려 준다는 비료도
남들처럼 들이지 않았다

하늘에서 내리는 비를 맞고
뒷산에서 불어오는 바람에
단단해진 알맹이

자연 속에서 품을 늘리고
시골 선생의 방구들 같은 손길에
여물어 가는 알곡

반짝이는 아이들을 본다

요산요수*

오래 버티느라
척추가 휜 책장 옆
벽면에 걸린 그림

모양을 달리하는 오색 빛 산 아래
물은 낮게 조용히 흐르는데

그 아래,
거대한 산 셋
짙푸른 심장에 새빨간 볕
겹겹이 솟은 검은 근육
마그마가 분출할 듯
용솟음치는 기운

잦아드는 내 가슴에
불을 지피러 왔다

* 백인현 화가의 그림

유화

수없는 붓질로 다시 덮어 그리고
지나온 길 위에
새 길을 내기도 한다

지나온 길은 켜켜이 각인되어
예고 없이 되살아나고
기포처럼 밀어 올라오는 언어들
콩 구르듯 주르르 쏟아져 나와 더해지고

그 속내를 쉽게 알 수 없는
끊임없이 변형되는
웃음과 울음의 동거

가늠할 수 없는 더께로 이루어진
삶은 유화

사구 식물

바람에 날려 쌓인 모래 언덕에
뿌리를 내리고 산다

뼈대를 세우고
몸집을 불리고 싶어도
살아남기 위해
거센 바람이 부는 방향으로 몸을 뉘면서
몸을 낮추고 있는 듯 없는 듯
세상 사는 일이
마음대로 되지 않는다는 것을 알아
서로 어깨를 부여잡고
뿌리를 간절하게 내리며
휘어져도 질기게 일어서며

영원히 존재할 것 같은 모래 언덕에
집 짓고 아이 낳고
기를 쓰며
제 몸보다 몇 배 깊숙이 뿌리를 내리고
무리 지어 산다

응시와 통찰로 이르는 투명한 깊이의 세계

김병호 시인

응시와 통찰로 이르는 투명한 깊이의 세계

김병호 시인, 협성대 교수

무명으로 살다가 사후 랭보와 더불어 프랑스 상징파의 선구자로 평가받은 로트레아몽(Le comte de Lautreamon, 1846~1870)은 "시는 만인에 의해서 만들어져야 한다"는 말로도 유명하다. 이 발언의 맥락과 전후 사정을 살펴야 진의를 정확히 확인할 수 있겠지만, 적어도 지금 시를 쓰고 있는 시인들에게는 충분히 경청하고 새겨야 할 만한 의미를 지니고 있다고 여겨진다.

요즘의 시가 지나치게 독자와 멀리 떨어져 있고, 일군의 시인들은 그것을 하나의 지위로 견고화하려는 욕망을 감추지 않는다. 특히 밀교적인 자아 중심적 시세계를 좇는 현대 시인들에게 로트레아몽의 150여 년 전 발언은 뜨끔한 경고가 아닐 수 없다. 어쨌든 시는 결국 독자에 의해 만들어진다.

우리 시단의 이런 분위기 속에서 이병연의 시는 더욱 신선하고 귀하다. 우선 그의 시는 일관되게 인간의 가장 비근한 정한情恨에 근거하고 있다. 연인에 대한 연민, 어머니와 이웃에 대한 애정, 운명에 대한 순정. 비근하고 보편적인 제재가 그의 시 핵심 부분을 이루고 있다. 시에 대해 별다른 조예가 없는 사람일지라도 "이런 게 시구나" 하는 막연한 생각과 그의 시가 딱 맞아떨어지는 재미를 맛볼 수 있다. 또한 이병연의 시는, 시의 원시적 상태를 유지하며 자기 세계를 개진하고 있다. 발상의 형식에서도 소박성을 갖추고 있어, 그의 시를 읽으면 자신의 감정을 우회적으로 모호하게 포장하지 않고, 정감의 솔직한 토로로 독자에게 다가서려는 시적 자세가 빤히 들여다보인다.

시의 원시적 상태를 시 세계로 포착하여 직정直情적 음률화의 아름다움을 추구하는 이병연의 시적 궤적은, 등단 이후 두 권의 시집을 출간하고서도 퇴색하지 않았다는 것이 여간 대견스러운 일이 아니다. 새롭고 낯선 것만을 민첩하게 자랑하는 오늘날의 시대사조나 감각에 맞서, 고집스럽게 자신만의 세계를 지켜내고 있다.

40여 년 교단생활을 한 이병연 시인의 작품에는, 학생을 바라보듯 세상을 바라보던 시선이 고스란히 녹아있다. 긍정적인 시선으로 세계를 바라보고 늘 희망을 신뢰했던 첫 시집 『꽃이 보이는 날』이나, 일상생활에서 만나게 되는 자연과 인간의 삶을 애정 어린 시각으로 바라본 두 번째 시집 『적막은 새로운 길을 낸다』도 각각 이러한 시적 맥락을 고스란히 유지하고 있다. 그는 인간과 자연은 존재 자체만으로도 소중하며 사랑받아야 한다고 믿는 듯하다. 그래서 시를 통해 사랑과 꿈을 심어 주고 위로와 위안을 주려고 한다. 이번 세 번째 시집 『바위를 낚다』는 이병연 시인의 이런 시적 세계관을 더욱 견고하게 확인해준다.

제재의 보편성 그리고 평이한 가락, 이러한 시의 원시적 상태가 이병연 시의 기반이 되고 있음은 명백하다. 그는 우리 생활감정에 밀착된 모국어의 표현에 수완을 보이고 있으며, 평이한 가락으로 인간의 보편적 감정을 진솔하고 소박하게 표현하며, 독자에게 '시의 맛'을 선사하는 시인이기 때문이다.

낚싯대 하나 들고
제주 바다를 여러 날 거닐었다
수시로 입질이 왔다

질펀히 내려앉은 바위
이름 없이 산 것들 줄지어 낚는다
널뛰는 파도를 품었다 놓느라 울퉁불퉁한데
움푹 팬 가슴엔
햇살과 바람과 눈물이 머물러 있다

허공에 힘껏 줄을 던져
깎아지른 절벽을 낚는다
정을 쪼듯 내리치는 물살에 새겨진 문신
상처가 깊을수록
지느러미의 골이 빛난다

덜컥 입질이 왔다 이번엔 정말 크고 센 놈이다

머리를 하늘로 치켜올리고 기둥처럼 떼로 서 있는 놈

하늘이 같이 끌려 온다
낚싯대가 휘청인다
함께 쉽게 사는 법은 없어서
세로로 그어놓은 금이 햇살에 도드라진다

몸에 새겨진 저마다의 사연
바다에서 낚은 것을 바다로 돌려보내고

당신의 마음이 닿지 못하는 날
바위 낚시를 떠나야겠다
  -「바위를 낚다」전문

　객관적인 시선으로 차분히 생을 응시하는 이병연 시인의
시적 태도는, 심화된 시적 성찰의 경지로 나아간다. 작품
내내 내성적 목소리로 진술되다가 "당신의 마음이 닿지 못
하는 날/ 바위 낚시를 떠나야겠다"라는 마지막 연에서 내면
독백은 보다 객관화된다. 이러한 진술은 내면 독백이 단순
히 감상적으로 흐르는 것을 막고 화자의 내면 독백이 개인
적 삶의 감정을 넘어 일반 독자 모두가 흔히 느끼는 보편적
감정으로 확산되는 역할을 한다. "파도를 품었다 놓느라"
"움푹 팬 가슴엔" "햇살과 바람과 눈물이" 머문, 바위에 시
인의 시선이 고정된다. "물살에 새겨진 문신"을 보며 시인
은 "몸에 새겨진 저마다의 사연"에까지 마음을 밀어 넣는
다. 하지만 "함께 쉽게 사는 법은 없어서" 당신의 마음이 닿
지 못한다. 당신과 나만의 운명이 아니라 우리 모두의 삶이
이런 운명에 놓여 있다.

하늘을 향해 기둥처럼 서 있는 바위의 "움푹 팬 가슴"과 '깊은 상처' "세로로 그어놓은 금"을 바라보는 시인의 시선은, 생을 연상시키는 구체적인 자연물을 통해 한층 진실되게 전달된다. 이 작품은 시인이 궁극적으로 '바위'라는 이미지 표현에 의해 자신이 생각하는 삶을 전달하는 효과를 갖고, 그 이미지 표현이 환기하는 시적인 정서가 독자들의 가슴에 오래도록 머물게 한다.

삶과 운명에 대한 시인의 성찰은 '낚시'라는 구체적 행위를 통해 감상에 빠지지 않는 객관적 시선을 확보하고, 다시 '바위'라는 구체적 사물에 대한 이미지 표현을 통해 보다 진실한 감동을 주고 있다. 마치 일기를 쓰듯 차분하게 자신의 삶을 돌아보는 시적 태도, 자신의 내면을 수사적으로 장식하지 않고, 맑고 투명한 언어로 고백하여 진실한 감동을 주는 시적 표현 방법은 내성적인 목소리와 투명한 서정의 언어가 어떻게 시로 완성되는 지를 보여준다. 이병연 시인은 감상적으로 치부되는 감정에 내재된 소중한 가치와 의미를 되새기는 자신의 시적 능력을 가감 없이 보여준다.

꽃은 눈이 멀도록 눈부시게 왔다 간다

황홀한 순간,
꽃은 사진 찍듯 저장되지

세상이 텅 빈 공갈빵 같은 날
오래된 기억을 클릭해

내가 삭은 식혜 속 밥알 같은 날

잊고 지내던 나를 불러내

꽃은 빛깔만 고운 게 아니야

화심에 맺은 순정

부르기만 하면 잠근 문을 열고 맨발로 기어 나오지

사는 것 잠깐이라

사랑을 안고 갔다는 꽃의 말

장롱에 오래 넣어둔 옷처럼

접혔던 꽃잎이 허공을 밀어내며 피어나

한 생이 저만치 갔다가 돌아오는 거야

　　　　　　　　　　　　　　－「꽃의 말」 전문

　이병연 시인은 자신 혼자만을 위해 감정을 소비하는 시인
이 아니라 인간의 보편적 문제, 생의 본질을 앞에 두고 고민
하는 시인이다. 그래서 그의 시는 항상 삶의 누추한 변방을
서성이면서도 가장 순수한 영혼의 바탕을 유지하려고 스스
로를 가다듬는다. 특히 이번 시집에는 '꽃' '벌' '숲' '바위' '
식물' 등 자연에 대한 관심이 넓게 분포되어 있는데, 자연
자체의 미감이나 생명감을 드러내기보다는 '자연'을 통해
인간 존재의 실존에 대한 물음을 제기한다. 시인은 자연의
순환구조처럼 인간의 육체성, 삶 또한 순환되는 자연의 일
부라는 인식을 가지고 있다. 그가 보여주는 존재 탐구의 상

상력은, 인간이 자연의 일부임을 인정하는 태도를 그 기저에 깔고 있다. 꽃이 빚어내는 황홀한 순간에 대한 인식 역시 자연으로서의 인간, 우주의 한 부분으로서의 인간을 자각하는 것과 동일한 의미를 지닌다.

작품의 시작은 시인(화자)의 작은 흥거움이 느껴지는 읊조림과 같다. 작품을 지배하는 기조는 일상의 자잘하고 기본적인 욕망 충족에서 행복을 느끼며 사는 현대인의 소박한 생활 정서에 근거한다. "세상이 텅 빈 공갈빵 같은" 일상에서, '나'는 "삭은 식혜 속 밥알" 같은데, 순정한 '꽃'이 피고, 꽃은 내게 황홀의 순간을 선사한다.

꽃의 은유적 의미는 비단 이 작품에서만 드러난 것은 아니다. "긴 장마에 빛나"는 나리꽃(「장마에 나리꽃은 피고」)이나 "검정 배낭 속에 꽂힌 파(꽃)"(「배낭에 꽂힌 파다발」), "눈이 닿는 곳마다/ 아픈 뗏물/ 죽죽 빠져나"가는 꽃(「때죽나무꽃」), "선홍빛 백일홍"(「기약」), 봄볕에 "팝콘처럼 펑펑 쏟아져 나온 꽃"(「봄날에는」), "누군가 할퀸 적 있다고 귀띔하고 싶"은 매발톱꽃"(「매발톱꽃」) 등 구체적 이미지로 시집 전반에 두루 활용되고 있다.

시인이 소박한 생활인으로서 내비치는 발언들은 아주 평명平明한 언어로 표출되어 시의 표현과 형상을 위한 별다른 시적 의장이 구사되지 않는 듯하다. 하지만 이 평명한 언어들에 내재된 미묘한 의미작용에 힘입어, 생기 있는 시의 언어로 거듭나는 매력이 있다. 세상 사는 일은 잠깐의 순간이어서 "사랑을 안고 갔다는 꽃의 말"은, 꽃의 말이 아니라 시인의 말이다. 구어체를 적극 활용하여 사태의 진술에 의미를 두기보다는 느낌의 중심이 놓이기를 의도하는 화법은,

독자에게 각별하게 호소된다. "잊고 지내던 나를" 꽃이 불러내는 것처럼, 새삼 우리의 삶을 지배하는 기본적 인식의 소중함을 되돌아보게 된다.

꽃이 이 세상에 다녀가는 황홀의 순간 대신 사랑의 영원을 간직한다는 것은, 시인이 우리의 삶을 어떤 가치로 바라보고 있는지를 극명하게 보여준다. "한 생이 저만치 갔다가 돌아오는 거야"라는 읊조림의 시구는 의미의 차원뿐만이 아니라 강한 호소력까지 겸비하게 된다. 사진을 찍듯 저장되고, 클릭해서 소환하는 '순간' 대신, 호명하면 맨발로 뛰어나오는 '순정'의 가치를, 시인은 은은하고 부드러운 느낌으로 생기 있게 환기한다. 실제로 시인이 지닌 이러한 인식은 "아름답게 사라지는 것들이/ 허무의 몸집을 키우네"라며 "잠시 왔던 것들이 돌아가는 이승에서/ 눈꽃처럼 아름답게 반짝이다/ 예고 없이 녹아내"리는 풍경을 그린 「아름다운 사람」에서 일관되게 유지되고 있다.

> 원수산에서 내려오는 길
> 제멋대로 내지른 바위와 돌의 위험 신호
> 몸이 좌우로 쏠려 긴장한 발아래
> 들려오는 소리
> 길이 험하구나 조심해서 내려와
> 나는 지팡이가 있으니 걱정할 것 없다
> 구부정한 할머니가
> 달팽이처럼 따라오는 아들에게 하는 소리
>
> 길이 보이지 않아도 길을 내며

몸이 닳도록 꼿꼿이 중심을 세우는 지팡이

한평생 아들의 지팡이였을 어머니
기우뚱거려도
끝까지 아들의 지팡이로 남고 싶은 마음
험한 바위와 돌길을 뚫고
산 아래 내려와 가쁜 숨 몰아쉬며
갈라진 논바닥 같은 손으로
다시 한번 힘껏 지팡이를 쥔다
        ─「지팡이」전문

  21세기 현대의 고도화된 자본주의 사회에서 인간은 이전의 자율성을 상실하고 제도에 더욱 얽매여가고 있다. 시 역시 거대한 자본의 물결에서 자유롭지 못하다. 이전의 고유한 가치들이 훼손당하는 지금의 상황에서, 시의 역할은 인간의 고유한 가치를 지켜내고 현실을 성찰하며 삶의 올바른 지향점을 제시하는 것이다. 이병연 시인은 자기 삶의 경험에 투사된 세계를 전체적으로 통찰하는 특별한 능력이 있다. 현대에서 소용되는 보편성이나 합리성과 달리 그는 시인이 감수하는, 가장 절실한 삶의 감각과 진정성에 대한 예리한 촉수를 내장하고 있다.
  물신화된 삶은 모든 것을 상품화하고 그것을 자신의 본성으로부터 소외시킨다. 모든 것이 물질적 가치로 환산되고 개개인의 독자성과 기존의 인간의 본래적 가치는 무시된다. 이병연 시인은 인간을 소외로부터 지켜내고 인간이 온전히, 제대로 살 수 있게 하는 자신만의 방식을 보여준다.

바로 "한평생 아들의 지팡이였을 어머니"이다. 인간의 고유한 가치와 권능이 훼손된 현대사회에서 시인은 '어머니'를 통해 구체적인 지각과 경험을 재현하면서 정서적 파급력까지 갖춘다.

"길이 보이지 않아도" "몸이 닳도록 꼿꼿이 중심을" 세워 아들의 길을 내는 어머니의 마음. "길이 험하구나 조심해서 내려와/ 나는 지팡이가 있으니 걱정할 것 없다"라고 하는 어머니의 마음은 인간의 보편적 진실과 삶의 진정성을 지켜내는 소중한 가치이며 지표가 된다. 단지 자기희생을 감수하는 모성으로 치부하기보다는, "끝까지 아들의 지팡이로 남고 싶은" 어머니의 마음을 시인 고유의 섬세하고 구체적인 감각으로 형상화하고 있다.

이러한 마음은 "병든 노모와 다섯 자녀를 돌보"는 어머니(「용수철」)나 "어린 새끼들 데리고 구불구불 먼 길 가느라/ 날기를 포기해 버린 어머니"(「그녀의 날개」), "평생 자식을 자랑으로 여긴" 어머니(「커다란 양푼」), "줄행랑치는 나를 발이 닳도록 쫓아다닌 어머니"(「구멍이 난 양말」), "쓸모를 다한 기둥처럼 기울어진 노모"(「눈 온다」), "괜찮다는 말을/ 입에 달고 산" 엄마(「수박 속」) 등의 모습을 통해서도 잘 드러난다.

물론 어머니의 이런 마음이 수렴되는 지점도 이 시집은 놓치지 않는다. 이를테면 "내 시보다 아름다운 아이"(「진정한 시인」)나 "엘리베이터 안에서" 만난 "비에 흠뻑 젖은 아이"(「비 맞은 아이」), 아버지의 죽음을 인정하지 못하며 훌쩍이는 어린아이(「내 안의 역」), 텃밭 옥수수 모종에서 핀 알곡에서 보는 "반짝이는 아이"(「옥수수」)를 바라보는 시선에 투영되어 있다.

　시집을 통독하면 바로 알 수 있겠지만, 이병연 시인은 고도의 직관력과 통찰을 통해 현대의 삶을 가로지르는 가치를 제시한다. 그는 우리의 서정시가 갖추어야 할 미덕이 무엇인지도 잘 알고 있다. 온건한 외형에도 불구하고 이 작품이 보여주는 신선한 표현과 은유적 사유는 이병연 시의 동력이 되며, 그의 시가 한없이 새로워질 수 있는 내면에 긍정적 작용을 하고 있다.

　　부스스한 얼굴로 눈을 비비며
　　누룽지에 물을 붓는다

　　물이 누룽지 사이로 들어가
　　딱딱한 근육을 말랑말랑하게 풀어주고 있다

　　굳게 닫힌 문을 열고 풀어헤치는
　　저 유들유들한 몸짓

　　쓸데없는 아집을 내려놓듯
　　견고한 껍질을 깨고

　　세상 속으로 들어가 유영하는
　　누룽지의 눈물겨운 투항

　　머리가 누룽지처럼 뻣뻣해질 때
　　한 발짝도 물러설 수 없다고 문을 굳게 닫고 싶을 때

누룽지를 끓이리라
　－「누룽지를 끓여 먹는 아침」 전문

　그렇다면 물신화된 삶으로 인해 손상된 가치는 무엇일
까. 앞선 시에서 찾은 것처럼 우리의 '마음'이다. 물질적 욕
망은 인간성을 쉽게 박탈해 간다. 계량화할 수 없는 주관적
영역은 물질적 삶의 질서를 방해하는 골칫덩이가 되기 때
문이다. '사람의 마음' '당신의 마음' '어머니의 마음' '얼어
버린 마음' '부러진 마음' 등 시집『바위를 낚다』에는 수많은
양태의 마음이 등장한다. '마음'이 구태의연한 감정의 표현
으로 인식되는 현대사회에서 '마음'만큼 직접적으로 대상
을 감수할 수 있는 능력이 있을까, 의문이 들기도 한다. '기
쁨'이니 '슬픔'이니 '괴로움'이니 하는 마음의 작용은 대상을
향수할 수 있는 주체의 능동적 역할을 기반으로 하는 것이
다. 마음이라는 인간 고유의 현상은 현대사회의 물신화 기
조에 역행하는 주관과 정서의 창조력을 내장하고 있다. 이
병연의 시들은 바로 이러한 섬세하고 정밀한 내면의 기록
인 동시에 자기 성찰의 과정이다.
　밥 대신 물에 만 누룽지를 먹는 아침, 시인은 세상을 살아
가는 하나의 이치를 깨닫는다. '딱딱한 근육'과 '견고한 껍
질'의 아집과 사고思考를 버리고, 물에 불은 누룽지처럼 '유
들유들' "굳게 닫힌 문을 열고" "세상 속으로 들어가 유영"
해야 한다고 말한다. "부스스한 얼굴로" 아침을 맞는 까닭
은 구체적으로 그려지지 않았다. 그러나 "누룽지의 눈물겨
운 투항"처럼 스스로 감내해야 하는 무엇인가 마저 지우진
못했다. "한 발짝도 물러설 수 없"는 마음과 일이 세상살이

곳곳에 무슨 함정처럼 놓여 있다. 그것이 함정임을 빤히 알고 나아갈 때, 아니면 최후의 결전이라도 되는 듯 "문을 굳게 닫고 싶을 때"의 속내를 시인은 잘 알고 있다.

무심치 못해서 혹은 버려서 지켜야 하는 마음 때문에, 오히려 겪게 되는 마음의 움직임은 상처나 소외의 구석진 자리로 흐르게 마련이다. 하지만 시인은 이러한 마음의 행로를 쓸쓸하고 건조한 눈길로 좇지 않는다. 오히려 자기 삶을 되돌아보는 계기로 삼고, 자기만의 지혜를 만들어낸다. 이병연 시인의 좋은 시들은, 이렇게 삶의 경험을 잔잔히 녹여내면서 축적된 삶의 지혜와 가치를 담아내는 절창이 다수이다. 그는 누구보다 마음의 움직임을 예리하게 포착한다.

멀다 멀리 먼
발음을 하면 음이 떨려 나온다

멀다라는 말
사람의 마음을 외롭게 하는 말

마음에 빈 공간을 인정사정없이 공격하는 말

아예 멀리 가버려 결코 볼 수 없는 사람이 생긴 뒤로
멀리라는 말은 눈물의 다른 이름이 되었다

아예 가 버렸다는 말에는
주체할 수 없는 슬픔이 포도송이처럼 매달려 있다

멀리라는 말은 가까이라는 말의 이음동의어
멀리 있어 가까이하고 싶다는 말이다

가깝다 가까이 가까운
발음을 하면 음이 자박자박 엉겨 나온다
삶의 무게를 고스란히 담고 있다

먼이라는 말은
삶의 짐을 잠시 내려놓고 바라보는
별의 또 다른 이름인지도 모른다
— 「먼이라는 말은」 전문

　이 시집은 자기 고백적 성격이 강한 편이다. 전통 서정주
의자로서 타고난 시인의 기질 탓일 것이지만, 시인이 고전
적인 절제의 기율을 유지하려고 애쓴 흔적들이 곳곳에 보
인다. 하지만 이 작품에서는 내면의 자아와 밀착된 '말'의
이미지가 인상적으로 그려지고 있다. 이병연 시인은 다른
시편들과 달리 이 작품에서 보다 직접적으로 내면의 목소
리를 드러내고 있다. '멀다' '멀리' '먼'의 단어들을 발음하면
서 자기 '슬픔'에 대한 도저한 의식을 보여준다. 내면에 자
욱한 외로움과 슬픔으로 인해 스스로 침잠하는 풍경은 마
음의 거처를 찾지 못하고 방황하는 자아의 모습을 투명하
게 보여준다. 하지만 시인은 '가깝다' '가까이' '가까운'이란
말들을 상대어로 찾아내, 바닥을 보이는 심연의 거울에서
'삶의 무게'를 들여다보게 된다.
　처절한 고백과 자기 성찰을 바탕으로 닿게 되는 시적 인

식의 결정체는 마지막 연이다. "먼이라는 말은/ 삶의 짐을 잠시 내려놓고 바라보는/ 별의 또 다른 이름인지도 모른다". "별의 또 다른 이름"을 발견하기까지 삶의 고통과 지루한 고독의 무게, 주체할 수 없는 슬픔의 중압감을 시인은 온몸으로 실감한다.

시인은 이러한 깨달음으로 영혼의 승화에까지 이르기 위해 힘겨운 진통의 과정을 겪은 것이다. 마음을 외롭게 하고, 마음을 공격하는 말, 눈물의 다른 이름인 '멀리'는, 시인의 고통과 상처를 압축하는 선명한 이미지를 구축하고 있다. 이 지점이 바로 이병연 시의 수준이라고도 할 수 있다.

다소 감정에 치우쳤던 정조는 '가까이'라는 말로 응축되어 다시 담백하게 건조해진다. 이는 자기 내면을 치열하게 응시하며 자아를 투사하는 방식으로 획득한다. 그는 언어의 심연을 획득하며 삶의 본질을 발견한다. 외로움과 슬픔이라는 감정의 무게와 나약한 존재의 내면을 재현하면서 군더더기 없이 압축된 묘사와 탁월한 비유, 효과적 리듬으로, 시인은 감정을 조절하며 '별'의 또 다른 이름 '먼'을 명명할 수 있었다. 삶에 대한 철저한 자기 응시를 통해 시어의 내재적 가치와 질서를 발견해내는 이병연 시인만의 조형 능력이라고 할 수 있다.

이병연 시인은 삶에 대한 지칠 줄 모르는 탐구를 행하는 천성적 시인이다. 그의 시선을 거치면 어떤 밋밋한 풍경이나 하찮은 사물도 유의미한 삶의 징표가 된다. 그는 과장된 수사나 거친 목청을 드러내지 않으면서도 절박하고 처절한 삶을 재현해낸다. 첫 시집 이후 지속적으로 삶에 대한 끝없는 응시와 통찰을 보여주는 그를 깊이의 시인이라고 해도 좋겠다. 그의 시는 다양한 진폭으로 펼쳐지기보다는 일정한 주제를 두고 반복적으로 심화되는 양상을 보인다. 삶을 증명하는 자연과 어머니의 이미지를 지속적으로 반복하면서 자기 삶의 방식과 지혜를 온순하게 보여준다.

　그는 시를 통해 과장이나 왜곡을 허락하지 않는, 인간 존재와 삶에 대한 정직한 응시가 우리의 본질을 투시할 수 있는 힘을 지니고 있음을 보여준다. 그리고 시집『바위를 낚다』는 시적 대상에 대한 집요한 관찰과 존재의 '깊이'에 대한 이병연 시인의 성찰의 역정을 보여준다. 앞으로 그의 시가 어떤 길을 보여줄지 자못 궁금하다. 존재의 심연에 대한 탐색을 새로운 각도에서 추구할지, 지금의 투명하고 단순한 시학으로 자신만의 깊이를 만들어낼지.『바위를 낚다』다음이 벌써부터 궁금해진다.

이 병 연

이병연李秉姸 시인은 1959년 충남 공주에서 다섯 딸 중 둘째 딸로 태어났다. 1982년 공주사범대학 국어교육과를 졸업하고, 2001년 공주대학교 대학원에서 「시에 있어서의 은유 교육 방법 연구」로 문학석사 학위를 받았다. 1982년부터 중등학교 국어교사로 학생들을 가르쳤고, 부여중학교 교감, 면천중학교 교장을 거쳐 이인중학교에서 2022년 2월 정년퇴임을 했다.

2016년 계간지 『시세계』에 「장미꽃비누」, 「콩나물」, 「해바라기」로 등단하였고, 2021년 제16회 한국창작문학상 대상을 수상했다. 시집에 『꽃이 보이는 날』과 『적막은 새로운 길을 낸다』가 있다. 한국시인협회, 충남시인협회, 풀꽃시문학회, 세종마루시낭독회, 애지문학회, 공주문인협회 회원으로 활동하고 있으며, 금강여성문학 회장을 역임하였다.

이병연 시인의 세 번째 시집인 『바위를 낚다』에서도 그의 시는 일관되게 인간의 가장 비근한 정한情恨에 근거하고 있다. 연인에 대한 연민, 어머니와 이웃에 대한 애정, 운명에 대한 순정, 비근하고 보편적인 제재가 그의 시 핵심 부분을 이루고 있다. 시에 대해 별다른 조예가 없는 사람일지라도 "이런 게 시구나" 하는 막연한 생각과 그의 시가 딱 맞아떨어지는 재미를 맛볼 수 있다. 이병연 시인은 삶에 대한 지칠 줄 모르는 탐구를 행하는 천성적 시인이다. 그의 시선을 거치면 어떤 밋밋한 풍경이나 하찮은 사물도 유의미한 삶의 징표가 된다. 그는 과장된 수사나 거친 목청을 드러내지 않으면서도 절박하고 처절한 삶을 재현해낸다. 첫 시집 이후 지속적으로 삶에 대한 끝없는 응시와 통찰을 보여주는 그를 깊이의 시인이라고 해도 좋겠다.

이메일 yeon0915@hanmail.net

이병연 시집
바위를 낚다

발　　행　2023년 9월 15일
지 은 이　이병연
펴 낸 이　반송림
편집디자인　반송림
펴 낸 곳　도서출판 지혜, 계간시전문지 애지
기획위원　반경환 이형권
주　　소　34624 대전광역시 동구 태전로 57, 2층 도서출판 지혜
전　　화　042-625-1140
팩　　스　042-627-1140
전자우편　eji@ji-hye.com
　　　　　ejisarang@hanmail.net
애지카페　cafe.daum.net/ejiliterature

ISBN　　979-11-5728-517-4　03810
값　　　　10,000원

* 이 책은 세종특별자치시와 세종시문화재단의 후원으로 발간되었습니다.